PELIKAN PROTOKOLL

Text und Storyboard: Richard MARAZANO
Zeichnungen und Farbe: Jean-Michel PONZIO

SPLITTER

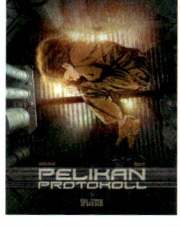

Band 1
ISBN: 978-3-86869-562-5

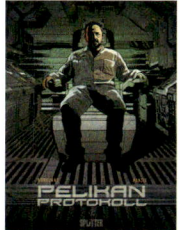

Band 2
ISBN: 978-3-86869-563-2

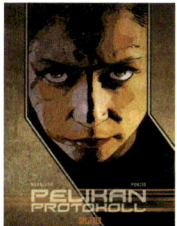

Band 3
ISBN: 978-3-86869-564-9

Der abschließende Band ist in Vorbereitung:
Band 4
ISBN: 978-3-86869-399-7

Richard Marazano

Jean-Michel Ponzio

Weitere Veröffentlichungen:

Marazano
Absolute Zero | Splitter
Eco Warriors | Splitter
Der Schimpansenkomplex | Splitter
Cuervos | Glénat
Cutie B | Dargaud
Dusk | Humano
Genetiks | Futuropolis
Jerusalem | Glénat
Le Syndrome d'Abel | Glénat
Tequila Desperados | Soleil

Ponzio
Der Schimpansenkomplex | Splitter
Dernier exil | Carabas
Genetiks | Futuropolis
Kybrilon | Soleil
T'ien Keou | Soleil

SPLITTER Verlag
1. Auflage 01/2014
© Splitter Verlag GmbH & Co. KG · Bielefeld 2013
Aus dem Französischen von Resel Rebiersch
LE PROTOCOLE PÉLICAN
Copyright © Dargaud – Ponzio – Marazano 2013
Bearbeitung: Oliver W. Kühl und Delia Wüllner-Schulz
Lettering: Sven Jachmann
Covergestaltung: Dirk Schulz
Herstellung: Horst Gotta
Druck und buchbinderische Verarbeitung:
Himmer AG, Augsburg
Alle deutschen Rechte vorbehalten
Printed in Germany
ISBN: 978-3-86869-564-9

Weitere Infos und den Newsletter zu unserem Verlagsprogramm unter:
www.splitter-verlag.de

WIE FÜHLT ES SICH AN, EINHEIT NR. 12, PLÖTZLICH AUF DER ANDEREN SEITE ZU STEHEN? MACHT DAS NICHT NACHDENKLICH?
LASS IHN IN RUHE, DIETER, ICH WILL KEINEN ÄRGER.
WARTEN SIE HIER. ICH SEHE NACH, OB ALLES KLAR IST FÜR DIE HEIMKEHR DES VERLORENEN SOHNES ZU DEN SEINEN.
NICHT, DASS SIE IHN NOCH KAPUTTMACHEN.
E... ES TUT MIR LEID, PROFESSOR.
MACHEN SIE IHREN JOB, HENRIETT. KÜMMERN SIE SICH NUR UM DIE DINGE, DIE IN IHREM ORGANIGRAMM STEHEN.
ABER, PROFESSOR...
DAS IST DOCH ALLES, WAS SIE KÖNNEN.
SIE HABEN RICHTIG GEHÖRT, HENRIETT. MACHEN SIE DIE ARBEIT, FÜR DIE SIE BEZAHLT WERDEN, MEHR WIRD NICHT VON IHNEN ERWARTET.
ABER SIE... SIE KENNEN DIE MECHANISMEN DAHINTER. SIE KÖNNTEN...
SIE SIND GENAU WIE ALLE ANDEREN. SIE HABEN EBENSO WENIG WIE ICH DIE MACHT, ETWAS ZU ÄNDERN. SIE WÜRDEN ZU VIEL RISKIEREN, WENN SIE ETWAS UNTERNÄHMEN.
KEINER HIER KENNT WIRKLICH DIE MECHANISMEN. AUCH ICH NICHT.
ICH DENKE, ES IST AM BESTEN, SIE BEFOLGEN DAS PROTOKOLL. DAS GANZE WIRD OHNEHIN BALD EIN ENDE HABEN.

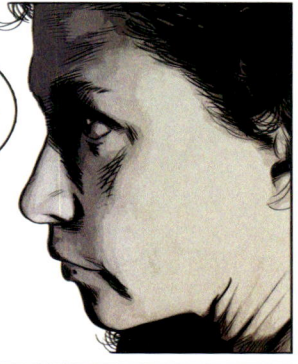

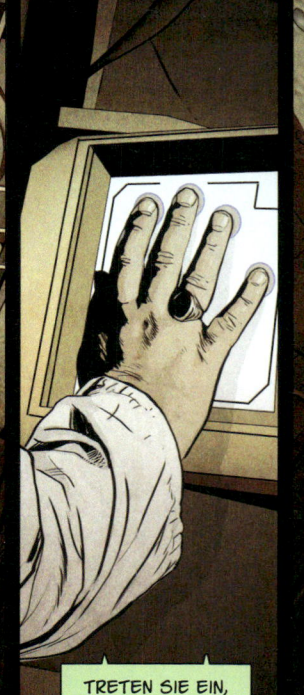

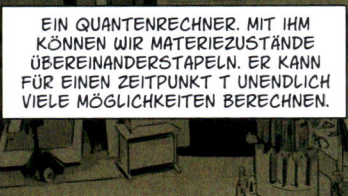

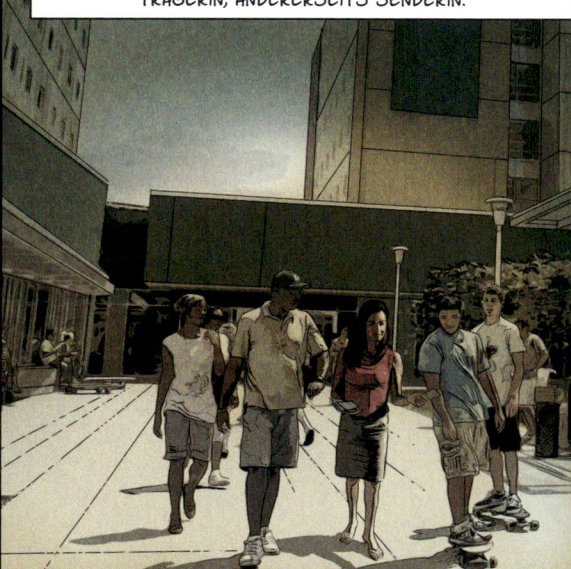

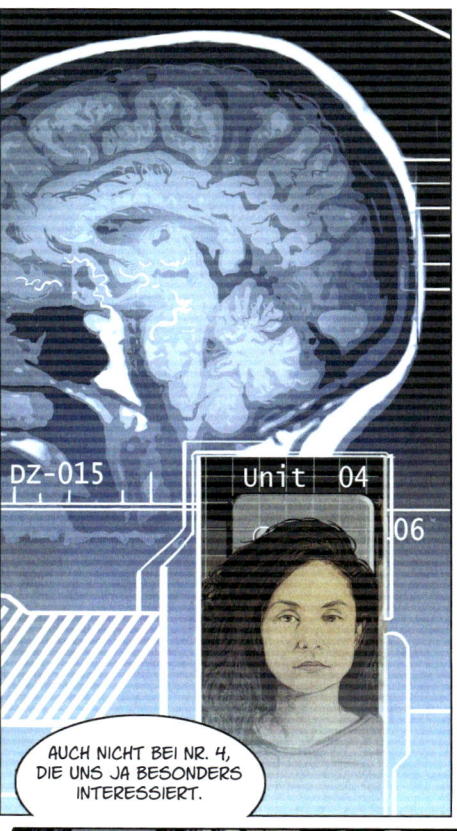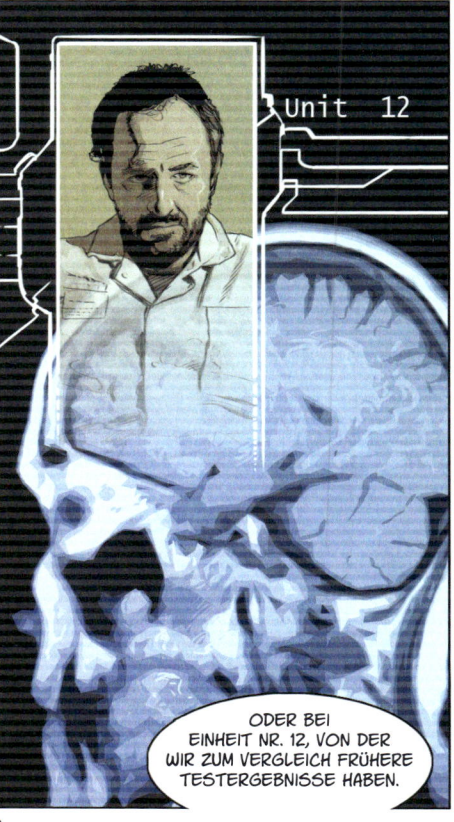

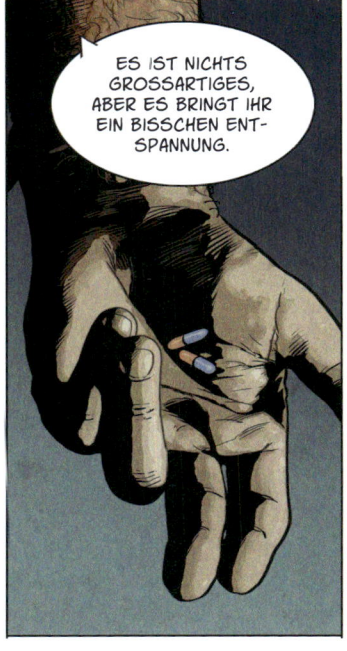

ICH FÜRCHTE, WIR SIND BEI KRESSE ZU WEIT GEGANGEN, MIT SEINEM KOLLEKTIVEN ANSATZ.
MAN MÜSSTE SIE NOCH MAL ISOLIEREN, WENN WIR DIE LETZTEN ERGEBNISSE UNTERMAUERN WOLLEN.
ABER DAFÜR HABEN WIR KEINE ANWEISUNG BEKOMMEN.
WIR KÖNNEN ES JA MAL VORSCHLAGEN.
WAS VORSCHLAGEN?
WIR KÖNNTEN EINE VARIANTE DER MAKABREN KONSTANTE NEHMEN. WIR VERKÜNDEN DEN EINHEITEN EINE FIKTIVE ÜBUNG UND VERTEILEN AN ALLE POSITIVE UND NEGATIVE ZENSUREN.
DIE SCHLECHTEN WERDEN MIT KÖRPERLICHER ISOLATION BESTRAFT. DAS KÖNNTE IHNEN EINEN SCHOCK GEBEN.
ES WÄRE AUCH EIN GUTER WEG, DIE GRUPPIERUNGEN ZU SPRENGEN, DIE SIE GEBILDET HABEN, DA SIE GEWISSE ERGEBNISSE VERFÄLSCHEN.
ALSO, ICH WEISS NICHT...
DAS IST WIE BEI DEN WÄRTERN. SIEH SIE DIR AN, DA LÄUFT DOCH AUCH WAS, ODER?
DIE HECKEN AUCH IRGENDWAS AUS.
...

WAS WIRFT SICH DER »KAMERAD« DA JEDEN TAG EIN?

VIELLEICHT WAS GEGEN STRESS.

STRESS... WEISST DU, WORAN ICH DA DENKEN MUSS?

HAHAHA, STIMMT. WIR KÖNNTEN IHM AUCH WAS ABGEBEN, DANN WÄRE ER EIN BISSCHEN ENTSPANNTER, VIELLEICHT SOGAR TOTAL.

WEISST DU WAS...? FALLS DAS AUS DEM RUDER LÄUFT, KÖNNEN NICHT NUR DIE GEFANGENEN UND DIE WEISSKITTEL ÄRGER MACHEN. UND NICHT NUR KRESSE...

... AUCH WIR KÖNNTEN UNTER UNS FEINDE HABEN.

KEINE ANGST, DER DA STEHT GANZ OBEN AUF DER LISTE.

JEDENFALLS STEIGT DIE SPANNUNG DEUTLICH. WENN ES ZUM KNALL KOMMT, KÖNNEN WIR UNS KEINE GEFÜHLSDUSELEI LEISTEN.

Rec Mode   cam 01-25

WIR WURDEN EINDEUTIG ANGEWIESEN, EINHEIT NR. 12 IN DIE GLEICHUNG EINZUBRINGEN. ER IST EIN AUSGEZEICHNETER KATALYSATOR.

DIE NEUE SITUATION BIETET REICHHALTIGE ERKENNTNISSE.

DIE AUFTRETENDE STRUKTUR IST HOCHINTERESSANT, ABER ES IST NICHT DAS, WAS WIR ERWARTET HABEN.

WAS FÄLLT IHNEN DAZU EIN, DR. WINNIPEG?

ICH... ICH WOLLTE DAS GERADE MIT IHNEN BESPRECHEN.

HALTEN SIE ES FÜR EINE BEDROHUNG DES PROTOKOLLS?

VERSTEHEN SIE MICH RICHTIG, DR. WINNIPEG, ALLES HIER IST EINE BEDROHUNG DES PROTOKOLLS, SIE SELBST EINGESCHLOSSEN.

...

BESCHRÄNKEN SIE SICH DARAUF, DIE DATEN ZU SPEICHERN UND MIR IHRE ANALYSEBERICHTE ZU ÜBERMITTELN.

FINDEN SIE DAS NICHT MERKWÜRDIG, WINNIPEG?

WIE...? WAS MEINEN SIE?

DASS DIE INTELLIGENZ DES GESCHÖPFS DIE DES SCHÖPFERS IN SOLCHEM MASSE ÜBERTRIFFT.

MEIN BRUDER? SEIT WANN IST ER VERSCHWUNDEN? ABER MAN MUSS NACH IHM SUCHEN! ER IST MINDERJÄHRIG!
ER WURDE IN BARCELONA IM »EL RAVAL« GESEHEN, DOCH DANACH GIBT ES NICHTS NEUES VON IHM.
PUTA MADRE! ICH HAB'S GEWUSST! SIE MÜSSEN MIR HELFEN, HIER RAUSZUKOMMEN, HENRIETT!
WENN ICH NICHT BALD BEI IHM BIN, IST ER GELIEFERT...
NEIN... DAS KANN ICH NICHT. FÜR DIE INFORMATION ALLEIN HABE ICH SCHON EINE MENGE RISKIERT.
DARAN HÄTTEN SIE VORHER DENKEN SOLLEN! SIE SIND FREIWILLIG BEI DIESEM PROGRAMM, WIR WURDEN GEZWUNGEN.
ICH HATTE AUCH KEINE WAHL, ABER DAS SOLL KEINE AUSREDE SEIN, UM DIE VERANTWORTUNG VON MIR ZU WEISEN.
ICH WILL VERSUCHEN, IHNEN ZU HELFEN, ABER LASSEN SIE ES MICH ALLEIN MACHEN. SIE AHNEN NICHT, WOZU DIE FÄHIG SIND.
NIEMAND WEISS, WOZU DIE WIRKLICH FÄHIG SIND.

ALEX MEINT, ES MUSS NICHT UNBEDINGT ALLES BULLSHIT SEIN, ISABEL.
ER SAGT NUR, DENEN IST NICHT ZU TRAUEN.
WOHER WEISST DU, DASS DAS NICHT WIEDER EIN MANIPULATIONS-VERSUCH VON DENEN IST? SIE WOLLEN DICH WEICHKLOPFEN, DICH GEFÜGIG MACHEN. DU WEISST GENAU…
… DASS MAN SICH HIER AUF NICHTS VERLASSEN KANN!
ICH GLAUBE IHM, ER IST ANDERS ALS DIE ANDEREN WÄRTER. DEM STINKT DAS AUCH, WAS HIER ABLÄUFT. WER WEISS, VIELLEICHT HAT ER SO-GAR EIN GEWISSEN.
UND WAS ER MIR VON MEINEM BRUDER ERZÄHLT HAST, PASST GENAU INS BILD.
ABER DAS KÖNNTEN DIE ANDERN DOCH AUCH WISSEN, ISABEL!
NA UND? WAS MACHT DAS?!
ER IST MEIN BRUDER, ALEX! ICH MUSS IRGENDWAS UNTERNEHMEN!
IHR MÜSST MIR HIER RAUSHELFEN!

ICH ERINNERE SIE NOCH EINMAL DARAN: DIE ERGEBNISSE DIESES TESTS BESTIMMEN DIE RATIONEN, DIE JEDER VON IHNEN IN DER NÄCHSTEN WOCHE ERHÄLT.

ISABEL HAT RECHT, DAS HIER GEHT SCHON VIEL ZU LANGE. WIR DÜRFEN NICHT WEITER ZÖGERN.

DIE WELT MUSS ERFAHREN, WAS HIER LOS IST.

UND WIE SOLL DAS GEHEN?!

EIN AUSBRUCH, EINE FLASCHENPOST, IRGENDWAS... ABER WIR MÜSSEN DAS PUBLIK MACHEN.

WIR MÜSSTEN MEHRERE SACHEN GLEICHZEITIG VERSUCHEN.

UND ER? WEIHEN WIR IHN EIN?

NOCH NICHT SOFORT.

WAS SOLL DAS? TRAUST DU IHM NICHT? AUCH NICHT NACH DEM, WAS ER FÜR HELGA GETAN HAT?

KOMMT DARAUF AN, WESHALB ER ES GETAN HAT. ABER VORERST MÖCHTE ICH IHN AUSSEN VOR LASSEN.

MIT DER FLASCHENPOST MUSS MAN SEHR AUFPASSEN.

DA KÖNNTE EIN BÖSER FLASCHENGEIST MIT REINSCHLÜPFEN.

— UND DIE GEHÖRT BABBITS?

— ABDEL BEHAUPTET, DIE WÄRTER GEBEN ES IHM... NATÜRLICH NUR AUS GESUNDHEITLICHEN GRÜNDEN.

— DAS WÜRDE ERKLÄREN, WARUM ER IMMER MAL WIEDER ZURÜCKBLIEB UND DEN SPEISESAAL GEPUTZT HAT. ICH DACHTE, DAS PASSTE ZU SEINEM WESEN.

— UND WAS GIBT DER MISTKERL IHNEN DAFÜR?

— INFORMATIONEN?

— ÜBER UNS?

— ÜBER WEN SONST?

— UND DU GLAUBST, DIE FLASCHEN SCHWIMMEN TATSÄCHLICH? SIE SIND ZIEMLICH SCHWER UND DAS LUFTVOLUMEN IM INNERN IST NICHT SEHR GROSS.

— WIR WOLLEN ALLES VERSUCHEN, AUCH GANZ VERRÜCKTE EINFÄLLE. EINE FLASCHENPOST IM OZEAN GEHÖRT EHER ZU DEN VERRÜCKTEN IDEEN.

— DIESER IDIOT HÄTTE NICHT DEN GANZEN ALKOHOL SELBST TRINKEN SOLLEN! WIR HÄTTEN DAMIT EIN PRIMA FEUER LEGEN KÖNNEN, ZUM BEISPIEL BEI DEN GENERATOREN!

— DAS IST NOCH SO EINE VERRÜCKTE IDEE, AUS DER WIR ETWAS MACHEN KÖNNTEN. WIR MÜSSTEN EINEN WEG FINDEN, BABBITS EIN PAAR FLASCHEN ABZULUCHSEN.

— ZUMINDEST MÜSSEN WIR ES VERSUCHEN.

WAS JETZT?
JETZT MÜSSEN WIR EINEN WEG FINDEN, DIE POST AUF DEN WEG ZU BRINGEN.
DAS IST DOCH TOTAL BESCHEUERT, DAS KLAPPT NIE!
WENN WIR BLOSS KRESSE TRAUEN KÖNNTEN...
ABER DAS KÖNNEN WIR NICHT. NICHT WIRKLICH.
ER ZIEHT SICH IMMER WIEDER ZURÜCK. ALS OB ER NICHT WÜSSTE, OB ER DIE SITUATION GESTALTEN ODER NUR ERTRAGEN SOLL.
PFF, DER KERL HÄLT SICH FÜR EINEN HALBGOTT. ER TUT, ALS HÄTTE ER ALLES HIER GESCHAFFEN, UND NUN INTERESSIERT IHN SEIN SPIELZEUG NICHT MEHR.
BLEIBT NOCH HENRIETT, DER WÄRTER. MIR HAT ER SCHON EINMAL GEHOLFEN...
OB DAS EINE ECHTE HILFE WAR, ISABEL? ODER DOCH WAS ANDERES?
WAS RISKIEREN WIR SCHON? SCHLIMMSTENFALLS LACHEN SIE SICH SCHECKIG.
RECHT HÄTTEN SIE JA.

IHR SPINNT JA! DAS WÜRDE ICH NIE TUN!
WARUM DENN NICHT? SIE HABEN MIR JA AUCH INFORMATIONEN ÜBER MEINEN BRUDER GEBRACHT!
ABER ICH KANN DOCH AUCH NICHT AUS DEM SYSTEM HERAUS. ICH HABE NUR EIN BISSCHEN DEREN INFORMATIONEN, DIE ÜBER SIE GESAMMELT WURDEN, AUSGESPÄHT.
SIE MEINEN, DASS DIE SCHON DIE GANZE ZEIT MEINEN BRUDER ÜBERWACHEN?! WOZU DAS DENN?!
KEINE AHNUNG, DOCH BITTE VERSTEHEN SIE, DASS ICH NICHT NACH DRAUSSEN KOMME. ICH KANN NIEMANDEM EINE NACHRICHT ÜBERBRINGEN.
ABER DAS MÜSSEN SIE, HENRIETT.
NEIN. DAS RISIKO GEHE ICH AUF GAR KEINEN FALL EIN.
WENN DIE ERFAHREN, DASS SIE MIR SCHON EINMAL GEHOLFEN HABEN, KOMMEN SIE ERST RECHT NIE MEHR HIER RAUS.
SORRY, HENRIETT, ABER SIE MÜSSEN MIT UNS ZUSAMMENARBEITEN.
DANN SIND WIR GELIEFERT, DENN IHR SEID SCHON GENAU WIE DIE...
ICH HATTE IHNEN VERTRAUT, ISABEL.
DANN HATTEN OSWALD UND DIETER LETZTLICH DOCH RECHT.
FALSCH, HENRIETT. SIE TUN DAS, WAS GUT UND RICHTIG IST.
AUCH WENN WIR SIE EIN BISSCHEN IN DIE RICHTUNG SCHUBSEN MÜSSEN.

- HIER DIE ZENSUREN, WINNIPEG. NACH DEM ZUFALLSPRINZIP AUF DIE EINHEITEN VERTEILT.
- DIE ERGEBNISSE UNSERES EXPERIMENTS SIND ÄUSSERST VIELVERSPRECHEND, CLARIS. MAL SEHEN, WIE DIE EINHEITEN MIT DEN SCHLECHTEN NOTEN AUF NAHRUNGSENTZUG REAGIEREN.
- DIE WIRKUNGEN DER MAKABREN KONSTANTE AUF DIE ZUFÄLLIG AUSGEWÄHLTEN EINHEITEN SIND IN DIESEM STADIUM DES PROTOKOLLS BESONDERS INTERESSANT.

- PFF... WER WEISS, OB WIR DAMIT NICHT DIE ARBEIT VON WOCHEN ZUNICHTE MACHEN. SIE HÄTTEN DIESE PHASE NICHT ANTRETEN DÜRFEN, OHNE SICH VORHER MIT DEM... MIT DEM RECHNER ABZUSTIMMEN.

- DR. MARK, DER NAME DIESER BASIS, DER NAME DES PROTOKOLLS, DAS IHRE ANWESENHEIT HIER ERMÖGLICHT UND IHNEN ZUGANG ZU DEN BESTEN LABORATORIEN GEWÄHRT, LAUTET PELIKAN.
- ES IST IHNEN SICHERLICH BEKANNT, DASS BESAGTES TIER SEHR GESELLIG IST. PELIKANE BILDEN SOLIDARISCHE KOLONIEN AUS TAUSENDEN VON INDIVIDUEN.
- FÜR DEN ZUSAMMENHALT IST ES PARADOXERWEISE NOTWENDIG, DASS WIR IHN MIT UNSEREN EXPERIMENTEN ZERSTÖREN.
- IDEALE FORDERN NUN EINMAL OPFER.
- FRÜHER BEHAUPTETEN GEWISSE PRIMITIVE IDEALVORSTELLUNGEN, DASS DER EDLE VOGEL SEINE BRUT MIT SEINEM EIGENEN BLUT NÄHRT. ER OPFERT ANGEBLICH SEIN LEBEN FÜR DEN FORTBESTAND DER ART.
- DER ZUSAMMENHALT DER PELIKANE SOLLTE UNS INSPIRIEREN. IHRE OPFERBEREITSCHAFT.

ADORO TE DEVOTE*

*ICH LIEBE DICH MIT HINGABE

- WIR SIND WISSENSCHAFTLER UND SOLLTEN UNS NICHT DURCH GEFÜHLE BEIRREN LASSEN.

ICH DENKE, SIE ALLE HABEN ES VERSTANDEN. WER EINE NOTE ÜBER DEM DURCHSCHNITT ERREICHT HAT, KOMMT IN DIE GRUPPE »ERFOLG« UND ERHÄLT WEITERHIN UNVERÄNDERT DIE TÄGLICHE ESSENSRATION.
DIE ANDEREN SIND IN DER GRUPPE »VERSAGER« UND BEKOMMEN EINE WOCHE LANG KEINE NAHRUNG.
WUNDERBAR! DAMIT HATTE ICH GAR NICHT GERECHNET!
OH NEIN…
UGH…
DAS IST DOCH EIN UNDING! DIE TESTS WAREN TOTAL EINFACH, UNMÖGLICH, DASS ICH DA DURCHGEFALLEN BIN! DAS MUSS EIN IRRTUM SEIN!
LASS ES, ALEX.
MOMENT MAL. SOLL DAS HEISSEN, DASS HELGA EINE BESSERE NOTE GEKRIEGT HAT ALS ICH?
ALEX…
ICH BIN AKADEMIKER, VERDAMMT NOCH MAL! UND ICH SOLL EINE WOCHE HUNGERN, WÄHREND DER AFFE ANDRÉ SICH DEN WANST VOLLSCHLÄGT!
ALEX!!
MANN, BEGREIFST DU DENN NICHT?!
DIE ZENSUREN SOLLEN DICH NUR DISZIPLINIEREN ODER SIE SOLLEN DIR EINEN STATUS BESTÄTIGEN, DEN MAN DIR VON ANFANG AN ZUGESCHRIEBEN HAT!
DAS IST HIER GENAUSO WIE DRAUSSEN!
EINE WOCHE, ALEX. DAS HÄLTST DU DOCH AUS…
FÜR ANDERE IST DIE STRAFE VIEL SCHLIMMER.
ÄH… ALSO…
… ICH HAB 10 VON 20, IN WELCHER GRUPPE BIN ICH DANN?

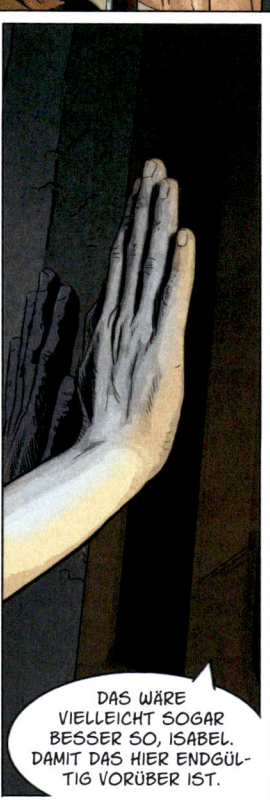

UND?

ALEX HÄLT DURCH, DAS STEHT FEST.

ABDEL VERSUCHT, PENG GUT ZUZUREDEN. DAS WIRD AUCH KLAPPEN. PENG IST ENORM BELASTBAR.

ICH MACHE MIR NUR SORGEN UM ROSARIO. ICH FÜRCHTE, ER IST AM ENDE SEINER RESERVEN. SIE MACHEN IHN FERTIG.

ROSARIO?

HALT DURCH, ROSARIO. DENK AN HELGA. OHNE DICH SCHAFFT SIE ES NICHT...

DAS WÄRE VIELLEICHT SOGAR BESSER SO, ISABEL. DAMIT DAS HIER ENDGÜLTIG VORÜBER IST.

SAG DOCH SO WAS NICHT, ROSARIO! WIR ALLE BRAUCHEN DICH...

WENN EINER AUFGIBT, ZIEHT ER ANDERE NACH! DU TRÄGST EINE VERANTWORTUNG.

ICH WEISS, ISABEL. ICH WEISS...

CLAC!

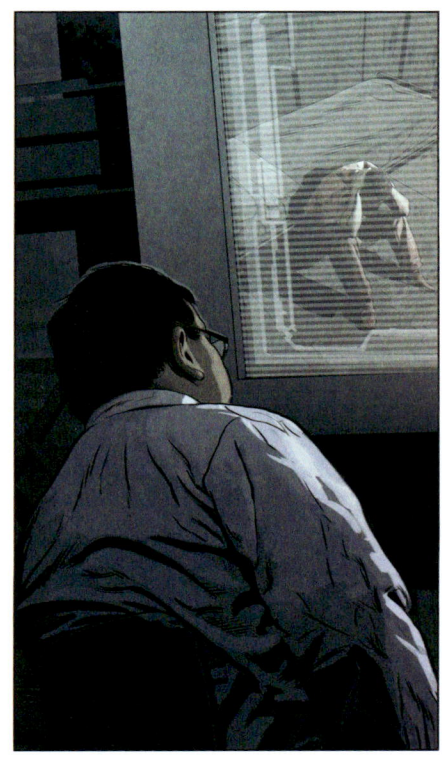

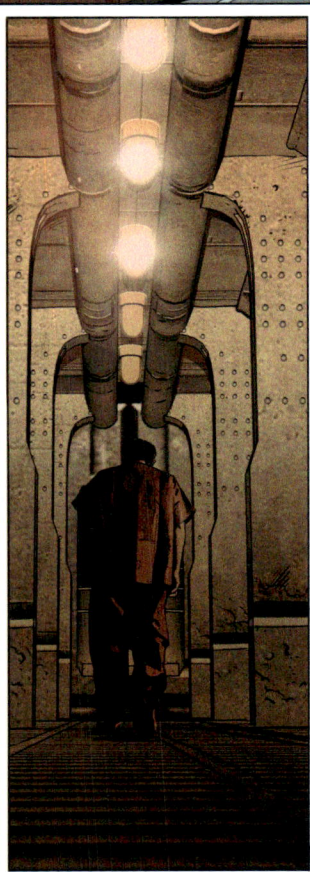

WILLKOMMEN, PROF. KRESSE.

ICH HABE SIE ERWARTET.

CRRREEE...

TOTALER SCHWACHSINN...

SIE ZEIGEN EINE STARKE TENDENZ ZUR SCHADENFREUDE.
WIR MUSSTEN VERIFIZIEREN, OB DIESES SEHR PRIVATE GEFÜHL EINER SADISTISCHEN BEFRIEDIGUNG, DAS SICH IN DEN HERZ-KREISLAUFWERTEN NIEDERSCHLUG, NICHT NUR AUF DIE ERLEICHTERUNG ZURÜCKZUFÜHREN WAR, DIE SIE EMPFANDEN, NACHDEM SIE DEN TEST ERFOLGREICH BESTANDEN HATTEN.
BEI DER ZWEITEN MESSUNG ERGAB DIE VERLAUTBARUNG DER SCHLECHTEN ZENSUREN VON ANDEREN EINHEITEN NOCH AUSSAGEKRÄFTIGERE WERTE.
SELBST JENE AUS DER GRUPPE »VERSAGER«, DIE EINE WOCHE HUNGERN MÜSSEN, EMPFANDEN HEIMLICHE FREUDE BEI DER NACHRICHT VOM SCHLECHTEN ABSCHNEIDEN IHRER GENOSSEN.
DIE RESULTATE SIND SEHR AUFSCHLUSSREICH, WINNIPEG. HIER SIND DIE ERGEBNISSE DER BLUTDRUCKMESSUNGEN UND DER HERZRHYTHMEN. DIE DATEN ENTSPRECHEN OFFENBAR DER MAKABREN KONSTANTE. DIE ZAHLEN SIND EINDEUTIG.
SOGAR NOCH STÄRKER ALS DIE VON DER GRUPPE »ERFOLG«. ALS WÜRDE DIE FREUDE ÜBER DAS LEID DER ANDEREN SIE VON IHREM EIGENEN KUMMER ABLENKEN, DEN SIE ZWEIFELLOS EMPFUNDEN HABEN UND DEN SIE IN KEINER WEISE ABWENDEN KÖNNEN.
IM SADISMUS VEREINT, NACHDEM MAN SIE MIT EINEM SCHLICHTEN TEST GESPALTEN HAT. WAS FÜR EINE IRONIE...
WINNIPEG, DER RECHNER ERWARTET SIE.
D... DER RECHNER?!
FÜR DIE BESPRECHUNG DER ERGEBNISSE. SIE HABEN DIE VORAUSSETZUNGEN FÜR DEN EINTRITT IN DIE NÄCHSTE PHASE GESCHAFFEN. SIE WERDEN DIE BESTÄTIGUNG DAFÜR BEKOMMEN, WELCHES SUBJEKT WIR ISOLIEREN MÜSSEN.
SO? ÄH... JA, NATÜRLICH...

WUSHHH

KOMMEN SIE, DR. WINNIPEG. WIR HABEN NICHT VIEL ZEIT.

ICH HABE BEREITS ANWEISUNG GEGEBEN, DR. KRESSE ZU HOLEN.

DR. KRESSE? ICH DACHTE, ES GINGE UM EINHEIT NR. 4?

DIE ÄNDERUNG DES STATUS VON DR. KRESSE DIENTE ZWEI ZIELEN: DIE NOTWENDIGEN VORAUSSETZUNGEN ZU SCHAFFEN FÜR EINE BESSERE DATENAUSBEUTE AUS DER MITTE DER POPULATION DER EINHEITEN HERAUS...

... UND DIE NOTWENDIGEN VORAUSSETZUNGEN ZU SCHAFFEN FÜR DIE MÖGLICHKEIT VON STRUKTURVERÄNDERUNGEN IM TEAM DER DATENSAMMLER.

SIE KÖNNEN JETZT IN IHRE LABORATORIEN ZURÜCKKEHREN, DR. WINNIPEG. SIE HABEN IHRE AUFGABE IM VERLAUF DIESER PHASE ERFÜLLT. WIR BRAUCHEN SIE NICHT MEHR.

DIE DURCHFÜHRUNG DER LETZTEN PHASE DES PROTOKOLLS LIEGT NUNMEHR IN DEN HÄNDEN DES LEGITIMEN LEITERS...

!!

— DR. KRESSE, ICH...

— SIE VERSCHWENDEN IHRE ZEIT, WINNIPEG. UNSERE RIVALITÄT IST HIER UNWICHTIG. SIE HABEN IN MEINER ABWESENHEIT DAS PROTOKOLL SO WEITERGEFÜHRT, WIE SIE ES FÜR RICHTIG HIELTEN.

— ABER MACHEN WIR UNS NICHTS VOR, UNSERE JEWEILIGEN BEFINDLICHKEITEN HABEN KEINE AUSWIRKUNG AUF DIE FÜHRUNG DES PROJEKTS.

— DAS PROTOKOLL HATTE AUCH DIES VORAUSGESEHEN.

— DER KORREKTURDURCHLAUF HAT VERMUTLICH IHR GELTUNGSBEDÜRFNIS MIT EINBEZOGEN, WINNIPEG.

— ICH BIN SICHER, AUCH MEINE ZÄHIGKEIT FINDET IM KORREKTURPROZESS IRGENDWO IHREN NIEDERSCHLAG.

— UNSER VERHALTEN IST WEITGEHEND BESTIMMT VON IHRER POSITION IM SYSTEM, UND SIE HABEN IHRE ROLLE GESPIELT.

— NIEMAND HIER MACHT IHNEN EINEN VORWURF.

— ICH BIN ZUVERSICHTLICH, DASS SIE NACH DIESER ÜBERRASCHENDEN WENDE DES PROTOKOLLS WIEDER ZU IHRER ALTEN FORM ZURÜCKFINDEN.

- IST DOCH KLAR, DAS WAR WIEDER SO EINE FINTE VON DENEN!

- MOMENT MAL! VIELLEICHT WAR ER EHRLICH. VIELLEICHT IST ER NUR AUF SEINEN POSTEN ZURÜCKGEKEHRT, UM HIER RAUSZUKOMMEN. ER KÖNNTE UNS DOCH HELFEN.

- TRÄUM WEITER, ROSARIO.

- ROSARIO KÖNNTE RECHT HABEN. KEINER, DER MAL HIER WAR, BLEIBT DAVON UNBERÜHRT...

- DU SEI MAL GANZ STILL, JA? **DU HAST IHM DOCH DIE FÜSSE GEKÜSST!**

- IHR SEID IDIOTEN! ICH HABE IHM NICHT MEHR VERTRAUT ALS IHR, ABER WENN SICH DA EINE CHANCE BIETET, MÜSSEN WIR SIE ERGREIFEN!

- HÖRT AUF! WIR DÜRFEN UNS NICHT ZERSTREITEN.

- ABER WIR WAREN JA NIE EINER MEINUNG!

- DANN ALSO WIEDER AN DIE ARBEIT.

- BRINGEN SIE MIR EINHEIT NR. 4.

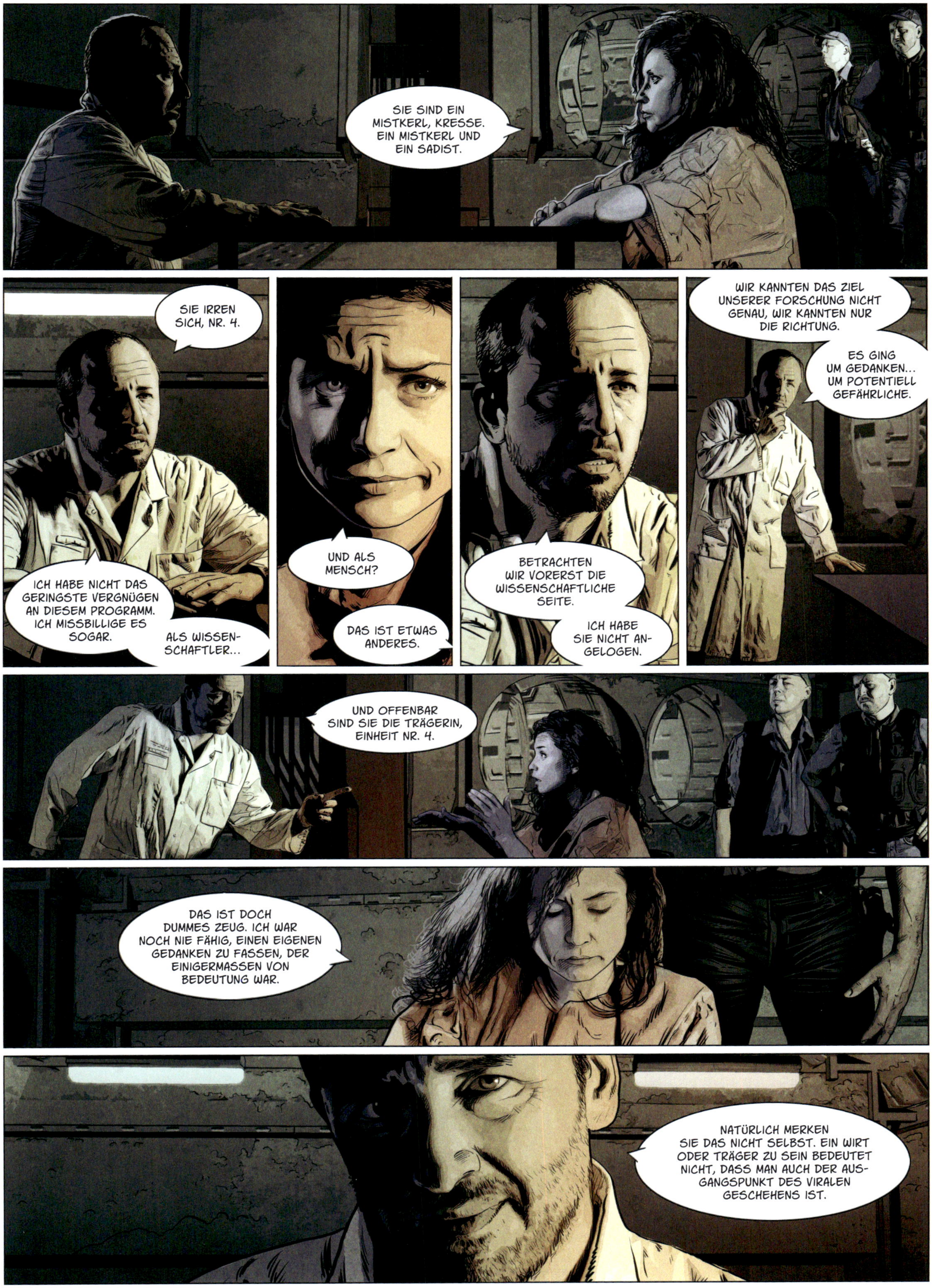
SIE SIND EIN MISTKERL, KRESSE. EIN MISTKERL UND EIN SADIST.
SIE IRREN SICH, NR. 4.
ICH HABE NICHT DAS GERINGSTE VERGNÜGEN AN DIESEM PROGRAMM. ICH MISSBILLIGE ES SOGAR.
ALS WISSEN-SCHAFTLER...
UND ALS MENSCH?
DAS IST ETWAS ANDERES.
BETRACHTEN WIR VORERST DIE WISSENSCHAFTLICHE SEITE.
ICH HABE SIE NICHT AN-GELOGEN.
WIR KANNTEN DAS ZIEL UNSERER FORSCHUNG NICHT GENAU, WIR KANNTEN NUR DIE RICHTUNG.
ES GING UM GEDANKEN... UM POTENTIELL GEFÄHRLICHE.
UND OFFENBAR SIND SIE DIE TRÄGERIN, EINHEIT NR. 4.
DAS IST DOCH DUMMES ZEUG. ICH WAR NOCH NIE FÄHIG, EINEN EIGENEN GEDANKEN ZU FASSEN, DER EINIGERMASSEN VON BEDEUTUNG WAR.
NATÜRLICH MERKEN SIE DAS NICHT SELBST. EIN WIRT ODER TRÄGER ZU SEIN BEDEUTET NICHT, DASS MAN AUCH DER AUS-GANGSPUNKT DES VIRALEN GESCHEHENS IST.

WARUM NEHMEN SIE ÜBERHAUPT AN DEM PROGRAMM TEIL, WENN SIE DAGEGEN SIND?
ICH BIN WISSENSCHAFTLER, EINHEIT NR. 4. WIR PRÜFEN MIT UNSERER FORSCHUNG NICHT NUR HYPOTHESEN, WIR ÖFFNEN NICHT NUR NEUE WEGE. MANCHMAL IST ES AUCH NÖTIG, TÜREN ZU SCHLIESSEN, DAMIT WIR VORANSCHREITEN KÖNNEN.
DAS PROTOKOLL BASIERT AUF EINER STARKEN HYPOTHESE: GEDANKEN SIND WIE VIREN UND BEWEGEN SICH VON EINEM WIRT ZUM NÄCHSTEN. SIE KÖNNEN IN EINEM TRÄGER OHNE DESSEN WISSEN SCHLAFEN UND JAHRE SPÄTER AUFWACHEN. ODER ABER SIE AKTIVIEREN SICH REGELMÄSSIG, OHNE DASS ER ES MERKT.
SIE AHNEN NICHT, WIE UMFANGREICH DIE BERECHNUNGEN FÜR DIE DARSTELLUNG EINES SOLCHEN SYSTEMS SIND – DIE AUSBREITUNG VON GEDANKENVIREN IM GLOBALEN DORF.
NOCH VOR WENIGEN JAHREN WÄRE SO EINE AUFGABE UNMÖGLICH ZU LÖSEN GEWESEN.
DOCH MIT DEN NEUEN QUANTENRECHNERN, DIE WIR UNSEREN ZWECKEN ANGEPASST HABEN, KÖNNEN WIR ALLE MÖGLICHEN FORMEN DER ANSTECKUNG SIMULIEREN. UND GENAU DAS HABEN WIR GETAN.
Unit 07
Unit 05
Unit 03
NACH WOCHENLANGEN ANPASSUNGEN DER ALGORITHMEN HAT DER RECHNER SCHLIESSLICH EINE LISTE POTENTIELLER WIRTE AUSGEDRUCKT.
Unit 04
WIR MUSSTEN VERIFIZIEREN, OB WIRKLICH EINER DAVON TRÄGER DES GEDANKENVIRUS WAR, DAS FÜR UNS EINE GEFAHR DARSTELLTE.

WAS HABEN SIE JETZT MIT MIR VOR?

VERSTEHEN SIE MICH NICHT FALSCH, EINHEIT NR. 4. WISSENSCHAFTLICH SIND SIE VON NACHGEORDNETER BEDEUTUNG. SIE UND ALLE ANDEREN HIER.

WIR WOLLEN DAS GEDANKENVIRUS NACH MÖGLICHKEIT ISOLIEREN UND UNTERSUCHEN. SOBALD WIR SEIN WESEN UND SEINEN WEG DER VERBREITUNG KENNEN, KÖNNEN WIR VIELLEICHT ZUKÜNFTIG SEIN AUFTAUCHEN VERHINDERN.

ABER WIR HABEN SICHERLICH KEINE MÖGLICHKEIT, IHNEN DAS VIRUS KOMPLETT AUSZUTREIBEN.

JEDENFALLS NICHT IN NÄCHSTER ZUKUNFT. SO WEIT SIND WIR LEIDER NOCH NICHT.

ES TUT MIR LEID, ISABEL. SOLLTEN SIE TRÄGERIN SEIN, KÖNNEN WIR SIE NICHT HEILEN.

UND WIR KÖNNEN IHNEN AUCH NICHT ERLAUBEN, DIESEN ORT ZU VERLASSEN.

DAS BEHAUPTEN SIE...

WENN DER QUANTEN-COMPUTER WIRKLICH UNFEHLBAR IST, GIBT ES NUR EINEN AUSWEG...

WIR MÜSSEN BESTÄTIGEN, DASS EINER VON IHNEN TATSÄCHLICH TRÄGER DES GEDANKENVIRUS IST, DAS UNS BEDROHT.

INZWISCHEN ERSTELLT DER RECHNER SEINE EIGENEN ALGORITHMEN, ABER ER TRÄGT BESTIMMT NOCH RESTE DER MENSCHLICHKEIT, DIE IHN ERSCHAFFEN HAT.

WELCHES SYSTEM AUCH IMMER WIR ERFORSCHEN, SOLANGE ES MENSCHLICHE PARAMETER BEINHALTET, SIND FEHLER MÖGLICH.

ZUM TEIL, EINHEIT NR. 4...

NUR ZUM TEIL...